나는 잠깐 설웁다

허은실 시집

문학동네시인선 090 허은실

나는 잠깐 설웁다

시인의 말

고향에선 일찍 죽은 여자의 입에
쌀 대신 쇠를 물렸다고 한다.

입술에 앉았던 물집이 아물어간다.
혀는 자꾸만 상처를 맛보려 한다.

2017년 1월
허은실

차례

2부 나중은 나직이였네

3부 이러다 봄이 오겠어

1부

소풍이라 말하려 했는데 슬픔이 와 있다

저녁의 호명

제 식구를 부르는 새들
부리가 숲을 들어올린다

저녁빛 속을 떠도는 허밍
다녀왔니
뒷목에 와 닿는 숨결
돌아보면
다시 너는 없고
주저앉아 뼈를 추리는 사람처럼
나는 획을 모은다

어디로 가는가 무엇이 되는가
속으로만 부르는 것들은

네 이름이 내 심장을 죄어온다

소풍이라 말하려 했는데
슬픔이 와 있다

도요라든가 저어라든가
새들도 떠난 물가에서
나는 부른다
검은 물 어둠에다 대고

이름을 부른다

돌멩이처럼 날아오는
내 이름을 내가 맞고서
엎드려 간다 가마
묻는다
묻지 못한다

쪼그리고 앉아
마른세수를 하는 사람아
지난 계절 조그맣게 울던
풀벌레들은 어디로 갔는가
거미줄에 빛나던 물방울들
물방울에 맺혔던 얼굴들은

바다는 다시 저물어
저녁에는
이름을 부른다

푸른 손아귀

플라스틱 슬리퍼 한 짝이 맨드라미 옆에서 말라갔다.

어른들은 사내애를 건져놓고 담배를 피웠다. 비가 많은
해였다.

사람 잡아먹는 산이라 했다. 비스듬히 빠진 두 골이 만나
는 자리. 가뭄에도 물을 강에 안겼다. 강은 소용돌이와 모래
구덩이를 감추었다. 저녁 물소리마다 우렁이 굵었다.

고요해진 물위에 나는 벗은 몸을 비춰보았다.

사나 여럿 후릴 상이라 했다.

몸이 불은 강물 위로 물고기들이 튀어올랐다.

비가 많은 해다. 무당은 자꾸 물이 보인다 했다. 아버지는
산에서 발견됐는걸요. 바위를 덮은 이끼가 젖었다.

강물과 산이 푸른 웃음을 주고받는다. 만삭의 배를 감싸
며 나도 씨익, 웃어주었다.

아기는 뱃속에서 육십 년쯤 살고 나온 얼굴이다. 삼우제였
다.

청벽산은 푸르다.

고요한 수면 아래

흰 발목을 잡아채는 푸른 손아귀가 있다

이별하는 사람들의 가정식 백반

아비는 춘궁이었네
기별 없이 찾아온 딸에게
원추리를 끊어다 무쳤네

풋것은 오래 주무르면 맛이 안 나지

꽃들에게 뿌리란 얼마나 먼가
이 맛은 수몰된 마을의 먼 이름 같아요

아비는 오래 얼려둔 고등어 한 손을 내었네
고등어는 너무 비린 생선이에요
잡히면 바로 죽어버린다구요

비린 날엔 소금으로 창자를 닦거라

그런데 아버지 기일에 왜
미역국을 끓이셨나요

너를 좋아하다가 죽은 남자가 있다는구나
새 옷을 지어다 태워주었다

세상에 미역처럼 무서운 것이 있을까
한 줌이었던 것이 이토록

방안에 가득하잖아요

너무 오래 불리면 몸이 싱거워져

검은 혀가 흰 허벅지를 휘감아요
내 몸에서 당신의 머리칼이 자라요

약불에 뭉근히 두어라
미역국은 오래 끓여야 속이 우러나
불로 익히는 음식이란
뜸을 들여야 하는 거란다

누가 부르는지 귓속이 간지러워요

네가 피운 꽃들이 지고 있나보구나

아침을 차려준다는
저녁을 짓는다는
그 말이 어여뻐서
숟가락을 쥐고 울었네

아비는 말없이 가시를
발라주었네

물이 올 때

풀벌레들 숨을 참는다

물이 부푼다
달이 큰 숨을 부려놓는다

눈썹까지 차오르는 웅얼거림
물은 홀릴 듯 고요하다

울렁이는 물금 따라 고둥들 기어오를 때
새들은 저녁으로 가나
남겨진 날개를 따라가는 구름 지워지고
물은 나를 데려 어디로 가려는가

뭍이 물을 들이는 저녁의 멀미
물이 나를 삼킨다
자다 깬 아이들은 운다

이런 종류의 멀미를 기억한다
지상의 소리들 먼 곳으로 가고
나무들 제 속의 어둠을 마당에 흘릴 때
불린 듯 마루에 나와 앉아 울던
물금이 처음 생긴 저녁

물금을 새로 그으며
어린 고둥을 기르는 것은
자신의 수위를 견디는 일

숭어가 솟는 저녁이다
골목에서 사람들은 제 이름을 살다 가고
꼬리를 늘어뜨린 짐승들은 서성인다
하현의 발꿈치
맨발이 시리다

물이 온다

바람이 부네, 누가 이름을 부르네

입안 가득 손톱이 차올라
뱉어내도 비워지지 않네
문을 긁다 빠진 손톱들
더러는 얼굴에 붙어 떨어지지 않네

숲은 수런수런 소문을 기르네
바람은 뼈마디를 건너
몸속에 신전을 짓고
바람에선 쇠맛이 나

어찌 오셨는지요 아흐레 아침
손금이 아파요
누가 여기다 슬픔을 슬어놓고 갔나요
내 혀가 말을 꾸미고 있어요

괜찮다 아가, 다시는
태어나지 말거라

서 있는 것들은 그림자를 기르네
사이를 껴안은 벽들이 우네
울음을 건너온 몸은
서늘하여 평안하네

바람이 부네
누가 내 이름을 부르네
몸을 벗었으니 옷을 지어야지

제망매
—흰 꽃들의 노래

너는
거기 앉아
죄 없이 눈부시구나

봄 나무 불길 속에 앉아
헤헤 웃고 있구나

손 흔들며 뛰어갈 때
귓불을 흔들던 작은 귀걸이
때죽나무 조롱조롱 흰 종을 달고

무얼 하고 놀고 있느냐

산천 가득 다시 돋는
하얀 꽃망울
종아리 아래 빛나던
열여덟 네
뒤꿈치처럼

햇빛 재잘거리는 물속
젖은 얼굴에 흰 수국
못다 한 말 자줏빛 꽃술로 품고
산목련 송어리마다 맺힌 응어리

설운 땅 닿지 말고 딛고 가라고
절뚝절뚝 철쭉이 피네 오르네
더 놀고 가렴
다물지 못한 입에 이팝꽃 피네
천석 만석
저녁을 짓네

이 멀고 억울한 향기
나는 알지
네 몸 냄새
캄캄한 향기

무덤가에 휘이 호랑지빠귀
네 휘파람 소리

칠월 그믐

바람이 불면
시퍼런 잎들
칼 가는 소리를 냈다

저 많은 칼들을 달고
옥수수는 어떻게 여물어가나

칠흑 하늘에
방금 숫돌에 간
낫

내려다본다

죽여버릴 거야
내 어두운 광 속에서
번쩍이곤 하던
한 자루의

그믐달

저기,
누가,

서걱서걱 걸어나와
나는 자꾸만
여위어갔다

윤삼월

노인들은 화투점을 본다

매화 벚꽃 낭창하니
부음이 들려오기 좋은 날이다

햇빛에서는
개 꼬실르는 냄새

치매에 걸린 가지들 아래

배드민턴 흰 공이
하늘을 잡았다 놓는다

피어 조화가 되는 꽃들
산 채 묻힌 것들의 눈빛을 닮는다
죽은 아이들이 뜬눈으로 태어나 휘둥그레하다

귀신도 모르게 수의를 짓고 이름을 바꾸고
귀신도 모르게 달을 낳지

목을 지나온 검처럼
꽃잎이 가르는 허공
그 틈으로

소식이 올 것 같다

가지에서 바닥까지의 무한,
무겁구나

나무들 수의를 벗는다

눈알을 핥는
연분홍 꽃잎들
다 누구의 빠진 손톱인가

야릇

누군가 나를 뒤집어쓰고 있어

병을 불러 아픈 날
곁에 누워 얼굴을 쓰다듬는 계집아이
돌아보면 할머니가 꽃을 안고 웃고 있다

어느 저녁엔
내 몸에 살림 차린 이들
밥물 끓는 소리

등본은 발급되지 않고
번지수가 없어
오늘도 짐 풀지 못한 채
마루 끝에 앉아 있다

누가 불러 나갔는데
나무들 무얼 숨기고 있는지
이파리 하나 흔들거리지 않고
누가 깨워 눈떴는데
벽지 꽃무늬 사이로
사라진 옷자락만

오래 집 비우고 돌아온 날

후다닥 숨는 기척
커튼 뒤의 수군거림

어둔 창에서 나를 바라보고 있는
나를 닮은 이 있네
문득 나 또한 누군가의 몸에
세 든 것을 알았네

뱀의 눈

장화에 담긴 발이 질벅질벅 마당을 지난다. 양파망이 꿈틀거린다. 마당귀 붉은 고무통 속에는 밀뱀, 늘메기, 칠점사, 능구렁이, 살모사 낯익은 놈도 한 마리. 뱀은 자꾸 잡아다 뭐하시게요? 너 뱀탕 끓여주려고 그런다. 벌어진 앞니와 빠진 송곳니 자리 휑한 웃음. 와륵와륵 낯을 씻고 검불 머리 손빗으로 훑고 아버지 또 철벅이며 어디 가나.

집을 보러 온 여자가 비명을 지른다. 남자가 작대기를 든다. 그냥 두세요. 낯익은 뱀의 눈이 나를 바라보더니 돌 틈 사이로 천천히 사라져갔다. 주인 없는 무허가 주택 마당에 금낭화가 혼자서 흔들리고

삼척

칼을 갖고 싶었지

고등어처럼
푸르게 빛나는

칼이 내 몸에 들어와

찔린 옆구리로 당신을 낳았지

바다가 온다
흰 날을 빛내며

칼이 온다

무렵

고모는 늦게까지 잤다

비석치기를 하다 말고
우리는 메뚜기를 잡았다
점심때 마당은 햇살이 캄캄
봉당엔 고모의 구두가 그대로였다

서울은 잠을 안 재우나

무덤으로 올라가
잔디 씨를 훑었다
하얀 편지 봉투에
새까만 잔디 씨가 가득

교회 아랫집 오빠는
낟가리 뒤에서
고야를 쥐여주었다
아무한테도 말하지 마라

삼촌은 고래처럼 입으로 물을 뿜었다
벽에 걸린 해군복이 밤에도 희었다

삼촌의 바다는 얼마나 클까

막차에서 얼굴이 하얀 여자가 내렸다
삼촌의 이불에 검붉은 얼룩이 생겼다

소라 껍데기를 귀에 대면
먼 데서부터 바다가
달려왔다

소수* 1

1

한밤중에
무릎 위에 턱을 올려놓고
발톱을 깎으면
잘못한 일들이 떠올랐다

산 사람이
귀신이 된 사람에게
엎드리는 형식에 대해
오래 생각했다

2

　가오리무침 양념이 묻은 나무젓가락이 흰 절편을 집는다.
소주를 털어넣는 입가가 육개장 국물로 벌겋다. 니 얘기 가
끔 하더라. 죽은 친구의 아들이 총싸움을 하며 뛰어다닌다.
장례식장 직원은 강박적으로 신발을 정리한다. 일제히 입
벌리고 누운 한 켤레의 검은 비명들. 입속 가위눌린 혓바닥
들. 누군가가 누군가의·신발을 신고 가버린다.
　천국 가는 테이프 공짜. 청량리역 6번 출구 팻말이 소리
친다. 굴비 떨이 이십 개 만 원. 시장 바닥에 생선 비린내 흐
르고 총천연 봄꽃들 먼지를 뒤집어쓰고 있다. 성바오로병
원 장례식장 앞 테마모텔에서 중년의 남녀가 걸어 나온다.

3

아카시아 향기 위액처럼 빈 골목을 흐르고

공중에서 두어 번 뒤척이다 가는 꽃잎

향기가 그림자를 흔든다

* 1과 그 자신으로밖에 나누어지지 않는 수. 2를 제외하고 모두 홀수이며, 합해졌을 때는 반드시 짝수가 된다.

목 없는 나날

꽃은 시들고
불로 구운 그릇은 깨진다

타인을 견디는 것과
외로움을 견디는 일
어떤 것이 더 난해한가

다 자라지도 않았는데 늙어가고 있다
그러나 감상은 단지 기후 같은 것

완전히 절망하지도
온전히 희망하지도
미안하지만 나의 모자여
나는 아무것도 믿지 않는다

믿음은 바라는 것들의 허상
녹슬어 부서지는 동상(銅像)보다는
방구석 먼지와 머리카락의 연대를 믿겠다
어금니 뒤쪽을 착색하는 니코틴과
죽은 뒤에도 자라는 손톱의 습관을
희망하겠다

약속의 말보다는 복숭아의 육창을

애무보다는 허벅지를 무는 벼룩을
상서로운 빛보다는
거울 속에서 나를 바라보는
희미한 어둠을

캄캄한 길에선
먼빛을 디뎌야 하므로

날 수 없어 춤을 추는 나날

흔들리는 찌를 지니고 사는 사람들은
별자리를 그린다

이식

저것들이 나를 끌고 왔다
이삿짐 앞세워 따라가며
냉장고의 등을 본다
옷장이 나를 욕망한다
침대의 꺼진 자리가 나의 잉여다
삐걱이는 책상의 관절과
서랍 속의 숫자들
떨어져나간 손잡이는 끝내 찾을 수 없다
종일토록 비가 새는 이 세간에
닫히지 않는 문은 어긋난 채로
우그러진 냄비는 우그러진 채로
분갈이 무렵마다 주소가 늘어가도
알뜨랑 비누도 알뜰히
씻어내지 못하는 비루
강변엔 아파트들 등고선만 높다
뜰에는 반짝이는 금모래
본적지 사람들 떠나길 잘했다 하지만
자작나무는 가지를 북쪽으로 뻗고
삼겹살이 좋은 몽골인 바트르 씨
여권에는 붉은 글씨
—나는 에일리언*입니다
우리는 누구에게나 식민지
어디서든 외계이다

거미는 거미를 잡아먹고
고속도로 위를 돼지 실은 트럭이 달린다

* 외국인등록증에 이주 노동자, 외국인은 alien으로 표기된다.

혀

마을버스는 오르막길에 매달려 있다
가래를 긁어올리듯
언덕바지를 향해
마지막 힘을 돋운다
흔들리는 손잡이에 몸을 매달고
졸고 있는 사내
뒤통수가 납작하다
머리가 자꾸 앞으로 꺾인다

미끄러지면서 올라서는 엔진의 가속력이
골목의 가로등을 켠다
검은 음표들이
일개미처럼 흩어진다
또 몇 개의 창들이 새로 밝고
빛들의 안간힘으로
목련나무 하얀 혀들이 자란다

시멘트 계단에
민달팽이 한 마리
저녁을 건너고 있다
체액이 희미한 물기를 남기고는
이내 사라진다

배를 깔고
몸을 밀어
가는 것들
온몸이 혀다

쓰리고 느리게 기어서 길을 핥는다

2부

나중은 나직이었네

맨드라미

햇빛 끓어 흰 마당

한 덩어리의 선지

개울가 빨래 더미 속에서 처음 보았던 꽃물이 나는 서러 웠다

유월

포플러 나무를 올려다보면
준,
하고 불러보고 싶다
키가 큰 그는
흰 이를 빛내며 싱긋 웃는다

오디가 익는다
내 열여섯의 젖망울처럼

당신의 연안

1
당신은 나에게 어린 당신을 줍니다
조개와 멧새는 기슭에서 잠이 듭니다
산과 밭의 사이에는 무덤이 있습니다
무덤들은 서늘하고 따뜻합니다
진달래꽃들 환하여
색은 빛으로 가고 있습니다
저녁이거나 섬이 출렁일 때 호랑지빠귀가 웁니다
라와 시 사이의 검은 음
이편에서 저편으로
건너가는 소리
당신은 소를 타고 무덤을 내려옵니다
섬에는 무덤이 많고 무덤가에는 소가 많아
소 하나 배웅하듯 먼 곳을 바라봅니다
꽃을 한 짐 지고 내려오던
당신의 아버지가 나를 보고 웃어주었습니다

2
섬에는 여러 개의 눈을 가진 바람이 살고
바람은 암소의 뱃속에 달을 잉태합니다
어느 마을에나 천치와 눈먼 노인이 태어납니다
연안에는 흰 뼈들의 노래
물고기들 나무를 끌고 바람께로 갑니다

깃들은 나부낍니다
당신은 달립니다 주먹으로 눈물을 훔칩니다
달려간 끝에는 바다뿐
당신은 나를 당산나무 숲으로 데려갔습니다
뿌리가 바다에 닿았다는 이야기를 들었습니다
당신은 나무를 돕니다
나무는 당신을 돕니다
한 바퀴 두 바퀴는 무엇을 위해 도는지를 모릅니다
세 바퀴는 무엇을 위한 것인지 아껴둡니다
나는 당산나무 벌어진 가지 속에
돌 하나를 몰래 끼워둡니다
당신이 나무를 올려다보며 천천히 한 바퀴를 더 돕니다
공전은 서로의 둘레를 걸어주는 일
바닷물이 뭍 쪽으로 좀더 안깁니다
물은 가장 높이 차올랐다가 가장 멀리 나갑니다
한 별이 다른 별 가까이 당겨 앉습니다
느티의 잎이 물들기 시작하는 것을 나는 봅니다
곁을 떠난 숨은 섬이 되었다 합니다
당신의 뒤척임을 이해하느라 손톱이 자랍니다

우리들의 자세

내가 일곱 살이었을 것이다
아버지 앞에 다리를 벌린 여자
또 딸이었다

들일 때나 낼 때 지울 때에도
같은 자세인 이유
산부인과에 누워 생각한다
여와도 하와도
다리를 벌리고 싶었을까
가이아도 가시나들처럼
치마를 걷고 오줌을 누었을까

따뜻하고 둥근 방
꽃길 속으로
나비 한 마리 팔랑
날아간다
고요한 세계가 진저리친다
태초의 길들 새로 깨어난 통증을 기억한다

비누 때문이었나
욕탕 가득 싱싱한 오이 냄새
공중목욕탕에서 늙은 여자들
시든 오이꽃 같은 젖꼭지

정성스레 닦는다
돌아앉아 밑을 씻는다
세세만년 이러했을 것이다
언제나 마지막까지 자세가 남는다

폐경의 어머니
아이 하나 낳아달라신다

입덧

익숙하던 것들이 먼저 배반하지
그러므로 어느 날
밥냄새를 견딜 수 없게 되는 것
너의 멜로디를 참을 수 없게 되는 것

검은 행에 변종의 언어가 파종될 때
냉동실에는 수상한 냄새들
친밀한 너를 혐오한다

다른 살을 맛보고 싶어
맹목적으로 아밀라아제

가자 하니 어디로
석유를 마신 듯 이글거리는 내부여
종일 배를 탔으니 어디로 갈까

별을 낳기 위해
중력을 거부해야 하므로
소화되지 않는 말이
밑구녕이 거꾸로
치밀어올라오고

벚나무 수억의 유방 부풀어

가렵다
접신한 듯
미열에 들뜬 나무들
제 몸을 게워놓는다

들썩이는 치열
나는 나로부터 멀다
헝클어지는 지문
불화로부터 별의 머리카락은 자란다
습성은 문득 낯선 얼굴

이후는 다시 이전이 될 수 없다

쿵쿵, 이 냄새는 뭔가

처용 엘레지

여기 잠든 짐승
나의 이승이구나

그러나 본디 안팎이 한통속이어니
뒤집어진들 어이할꼬

어금니에 몇 톤의 원한을 싣고 가는 사내여
항문과 입술의 조직은 동일하다
잘린 가지 끝에 송곳니처럼 흰 뿌리 돋는다

머물렀던 곳마다 흘린 머리카락을 주우며
검은 날개를 꿈꾸는 밤
다르게 시작하는 법을 알지 못한다면
열두 개의 가면을 준비해야 할 것이다

누구나 제 얼굴이 무서워질 때를 맞이하므로
문득 어둠 속의 눈과 마주칠 때
고독은 완성될 것이다

그늘을 흔들기 위해 바람이 분다
빨래통 속에서 팔과 다리가 뒤엉킨다

창밖에는 비닐이 사납게 펄럭이는 소리

빈 액자 위에 내려앉는
고요한
먼지의 춤

유전

　"다른 사람덜은 늙어서 젖이 쪼그라드는데 나는 멕이는
젖처름 커. 이 봐, 젖꼭지가 꼭 언나 젖처름 분홍색이잖아.
친구덜두 다 부루워해. 이 젖으루 일굽을 키웠어." 젖 먹이
는 외손녀 옆에서 앞섶 풀어 젖을 꺼내시는 외할머니. "아
이구, 좋겠수. 젖꼭지가 커야 서방 덕을 본다는데 난 작아서
그런가 덕이라곤 손톱만큼도 없으니." 딸년 마른 대추 같
은 젖꼭지 때문에 사위 덕을 보거나 말거나 샘물처럼 웃으
시네. "어디, 니 젖두 좀 베케바. 아유, 그것두 젖이라구. 생
기다 말었네. 시방은 그래두 시집 가문 커질 티니 겐찮아."
누구 엿듣는 이도 없는데 목소리를 낮추시네. "느 외할으
버이가 얼매나 이뻐했는지 알아? 살림 잘 하구 아덜 잘 낳
구, 젖 이쁘다구. 젖이 커서 그랜지 멕이기두 헐하드라구.
아, 왜 지 젖을 인나 앉어 멕에? 둔노서 아 팔 비키고 멕이
문 얼매나 펜한데. 젖 멕이기 전에 이렇게 비베 가주구 멕
여. 찬 거 그냥 멕이지 말구." 잠든 외증손녀 들여다보며 합
죽이가 된 입을 달싹이시네. "그럭하구 젖은 자꾸 주물러
야지. 두부자루 주무리듯 주물러서 젖 속이 풀레야 젖이 많
지. 난 젖 속이 읋잖아. 맨저봐라. 젖이 많아 갖구 웃물 짜
서 한 양재기썩 내놓으문 할머이가 쇠죽에도 붓구 굴묵에
도 붓구, 샘물에도 갖다 쏟아붓구 그랬어. 굴묵에 연기 나
오듯이 젖 많이 나오라구. 샘물에 붓는 거는 부정 타지 말
라구." 할머니와 딸과 딸의 딸들과 딸들의 딸, 열두 개의 젖
모여 온 방에 젖내 진동하는 밤. 하늘에 은하수가 흐르고

외할머니 고향샘에 부은 젖 흐르고 흘러 먼바다 어린 물고
기들까지 다 먹이는

소설

헐은 몸 무릎에 누이고
귓밥을 파주고 싶네

수화처럼 적막하게
눈 내리는 저녁

늙어가는 사내의
꺼진 뺨을
천천히
쓸어보면

살얼음처럼 살얼음처럼
누가 아프고

흐드득 깨어
없는 사람의 이름을
불러본 적 있었네
한 번은 높게
나중은 나직이였네

씻어놓은 양은 냄비 속으로
마지막 물방울이 스며들고

창밖으로 흰 밤은 쌓이네

미음을 떠넣어주듯이
무명실로 기워주듯이

귀 먼 사내에게 들려주던 먼 이야기들이

이마

타인의 손에 이마를 맡기고 있을 때
나는 조금 선량해지는 것 같아

너의 양쪽 손으로 이어진
이마와 이마의 아득한 뒤편을
나는 눈을 감고 걸어가보았다

이마의 크기가
손바닥의 크기와 비슷한 이유를
알 것 같았다

가난한 나의 이마가 부끄러워
뺨 대신 이마를 가리고 웃곤 했는데

세밑의 흰 밤이었다
어둡게 앓다가 문득 일어나
벙어리처럼 울었다

내가 오른팔을 이마에 얹고
누워 있었기 때문이었다
단지 그 자세 때문이었다

칡

뿌레기부터 이파구꺼정 마커 버릴 대가 읎는 식물이래요. 뿌레기랑 꽃으루다가는 차르 울고요. 칡꼬렝이는 끊어다가 낭기나 곡석을 묶어요. 여름이문 칡반데라는 거르 해 먹었는데요. 옥시끼, 찰옥시끼래야 돼요. 갉으 빠 가지고 그 반죽으루다 반데기르 맹글어요. 둥글넙적한 반데기 있잖어요. 그거르 칡이파구루 싸서 가매에 쩐다 말이래요. 그래 가주구 먹으문 이파구 향이 배서 세빠닥이 싸아 해요. 칡이란 거그기 기래. 아무리 먹을 거 읎는 땅이래두 뿌레기 내리고, 디딜 대 읎어도 다른 낭그 감고 게울라 가주구 빛 쪽으루다 악착같이 얼굴 디미는 기라. 그러 바락바락 하눌루만 꽃 피우는 기 칡이라 칙, 이라 하문 서운해요. 뭐 이래 그 얼켜오는 맛이 읎어 가주구 꼭 칡, 이라구 발음으 해야 한대요. 어머이라는 말처름 너무 찔겨 가주구

둥긂은

아이 가진 여자는 둥글다 젖가슴은 둥글다 공룡알 개구리
알은 둥글다 살구는 둥글다 살구의 씨는 둥글다 씨방은 둥
글다 밥알은 둥글다 별은 둥글다 물은 둥글다 '응'은 둥글다
그 밤 당신이 헤엄쳐 들어간 난자는 둥글다

멀리까지 굴러가기 위해
굴러가서 먹이기 위해

내가 사랑, 이라고 발음할 때
굴러가려고 둥글게 말린 혀가
입천장을 차고 나간다
나가서 너에게 굴러간다

둥긂은 입 맞추고 싶고 둥긂은 안고 뒹굴고 싶다 둥긂은 들
어가 눕고 싶다

구르고 구르다가 모서리를 지우고
사람은 사랑이 된다
종내는 무덤의 둥긂으로
우리는 다른 씨앗이 된다
0이 된다

제 속을 다 파내버린 후에

다른 것을 퍼내는
누런 바가지
부엌 한구석에 엎디어 쉬고 있는 엉덩이는
둥글다

자두의 맛

위암환자가 나간 적막한 자리
햇빛이 환히 누웠다

빛 속을 떠도는
먼지를 바라보며
자두를 먹었다
단물이 팔뚝까지 흘렀다

연우야 연우야

간이변기 위에 얹혀 있던
흰 엉덩이가 떠올랐다
이빨이 붉도록
자두를 먹었다

연우야 연우야 변기에 앉아 수음을 했다 엄마 엄마 엄마
쉰이 넘은 연우 씨가 엄마를 부른다 부르며 아기처럼 뛰어
간다 자두물이 묻은 손으로 수음을 했다 연우야 연우야 그
녀의 엄마가 부르는 소리 환한 빛 속에서 들려온다

침대가 나간 자리를 바라보며
꽃잎을 손톱으로
꾹꾹 눌렀다

볼을 타고 뜨듯한 것이 내려와
핥아보았다

흰 침상 위에서 먼지는
느린 춤을 추고 있다

커다란 입술

타닥,
타닥,
어디서 불티 소리 들린다
자정 넘은 방에는 나와 고양이뿐
바람도 불지 않는데 벌레도 없는데
화분 속 괭이밥이 흔들리고 있다
심장 모양 잎들 접어 합장하고
줄기 끝 아기집에만 힘을 모아
터지기 직전의 씨방이 음순처럼 부푼다
고양이들 밥이 되라고 약이 되라고
좁쌀보다도 작은 씨앗이
사람의 방 하나를 흔들고 있다

거울에 비춰본 아랫도리는
퉁퉁 부어 있었다
부풀어 거대해진 입술이
천천히 숨을 고르고 있다

우주가 별을 낳던 날로부터
수십 억 광년을 달려와
아물지 않은 여린 잠지들을
보드랍게 핥아주는 입술

마흔

니코틴 때문이 아닐지 몰라
내가 재떨이를 헤집는 이유

뜨겁던 몸들
퀴퀴하다

생살에 비벼 끄던
간절한 말들

나는 마지막 한 모금을
깊이 빨아들인다

입술까지 닿는 꽁초의
뜨거움

3부

이러다 봄이 오겠어

농담

에덴화원
꽃 배달 트럭 안에
축하 화환과
근조 화환이
맞절하고 있다

토요일 오후
꽃 싣고 달리는
꽃집 주인은
돈 벌어 좋은
꽃집 주인

검은 개

고갯길을 넘는다
길은 오르막이다
길목에 검은 개 두 마리
—똥 한 덩이 먹으면 안 잡아먹지
개똥을 먹어야 이 길을 지날 수 있다
검은 개 흰 이빨이 무서워
얼른
개똥 한 덩이
입에 넣는다

꼬깃해진 등록금 고지서를 꺼내놓은 날
엄마는 밤새 들어오지 않았고

아이들은 자라서 훌륭한 사람이 되었습니다

후루룩
―최승자 시인에게

대전역 플랫폼에 서서
가락국수 한 그릇
후루룩,
새 날아간 가지
잎 진다
후루룩,
떨어지며 살 비빌 때
혀끝에 닿는 건전지의 맛

기차 옆구리가 다른 옆구리를 스친다 빈 봉지 잠시 떠올
랐다 다른 자리로 내려앉고 차창 안팎의 눈빛들이 교행하다
멈추고 미끄러진다 후루룩,

한 가락 국수를 기다리는 플랫폼
길들이 삭는다

후루룩 입천장이 데이는 시절
어둑신한 부엌에 서서 달그락거리는
한 생애의
후루룩,

이 흰,
긴 것을 목구멍으로 넘기는

족속이 되어서

먼지 앉은 시계에 기대
살에 와 녹는 눈송이에 기대

(퉁퉁 불은 한 줄의
 이 후루룩)

치질

밑구녕까지 꽃이 피었다

징후도 없이
예후도 모르는 채
부끄러움을 앓는다

걸음마다 꽃이 도져
앉지도 돌아눕지도 못하게 하는

괄약근이여

폭우

바람이 어둠을 휘저었다
밤새 비가 들이쳤다

마당 가득 끼쳐오는
풀 비린내
푸른 피 자욱한
생것의 냄새

몸을 다 빠져나가지 못한
흐느낌
가지 끝이 몸서리친다

어린 감들 놓친
꽃받침
빈 자궁에 남은
눈동자들 몇이서
그렁그렁하다

햇살이 푸른 눈알들을 핥아주고

캐리어

테이블을 닦던 조선족 여자는
입술이 우엉 꽁다리처럼 말랐다
한 줄 김밥으로 허기를 재우고
유리문 밀고 나선 새벽
청년의 캐리어 끄는 소리가
빈 거리에 울린다
큰 몸에 달리기엔 바퀴가 너무 작아
그런 것은 터무니없다
생각하는 사이
청년은 어느 골목으로 스며들고
바퀴 소리 푸른 골목을 오래 흔든다
대학로 명품 코믹 연극 〈죽여주는 이야기〉
노인이 포스터를 떼어 구루마에 싣는다
'2008.10.10~죽을 때까지'
구루마를 끌고 간다
조그만 바퀴와
실려가는 것들과 끌려가는 것들의
기울기를 생각한다
오늘은 눈이 내릴 것이다
무엇을 끌고 가느라 무엇에 끌려가느라
숨이 밭아 노래를 이을 수 없다
그림자가
그림자가 나를

끌고 간다   —

                                                      —

보호자

아이엠에프 때 갈라서고 안 해본 일이 없어유. (손을 거두어 뒷짐을 진다. 손가락 끝이 뭉툭하다.) 입원했을 때 보호자가 있어야 된대유. 지가 보호자 한다고. 옷도 다 입혀주구 밥도 먹여주구. (붉은 목울대가 천천히 올라갔다 내려간다.) 아 근디 이렇게 살아보지도 못하고 갔으니 미치겠어유. (시든 귤을 쥐여준다.) 나기는 김제서 났지유. 죽을라고 소주 대여섯 병씩 먹고 실려가기도 많이 했어유. (발음이 성글다. 앞니 하나가 빠져 있다.) 그래도 억울한 거는 풀어줘야 딸 보러 갈 면목이 서지 않겠어유? (목에 걸린 학생증을 내려다본다.) 명색이 아빤데. (웃는다. 돌배 같은 얼굴. 웃는다.) 사무실 가서 커피도 한잔하고 가시지유. (노란 잠바 속 주머니에서 지갑을 꺼낸다.) 딸 생각이 나서 그래유. 꼭 저만할 때부터 혼자 키웠시유. (다섯 살 딸애에게 만 원을 쥐여준다. 등뒤로 바다는 눈시울이 붉다.)

변경

늦은 찬으로
묵나물을 먹는다

나물 삶는 냄새
가득한 마당
어린순을 한 짐씩
부려놓던 사내

새 흙무덤에
고사리 고사리

이러다 봄이 오겠어

검은 문

주인집 대문을 두고도
골목으로 난 쪽문으로만 드나들었다

2 4 2 4 이삿짐센터
8 7 8 7 파출부알선
노란 스티커 피어난
검은 아가리 속
놀래라 송장처럼 누워 있는 식구들
옆에 내 몸도 한 구

새는 날아가버린 지 오래
원앙금침 색 바랜 연두 양단에
곰팡이꽃이 핀다
얼굴을 핥는 바람의
차가운 혀를 견디고 있으면
발목이 시렸다
누가 내 등에 업혀 있나
서리처럼 추웠다

여자는 숨을 죽이고 아이의 잠을 지켰다
발자국 소리 귀로 좇으며
옆방의 짐승이 잠들기만을 기다렸다
여자가 깨워버린 그 짐승

물고기들은 자꾸 얼어죽는데
캄캄한 방안에 피는 입김은
너무 희어서 눈물이 났다

내 얼굴을 오래 들여다보고 가는 이 있었다

검은 문 속으로
어깨 굽은 그림자가 빨려들어간다

더듬다

사타구니께가 간지럽다
죽은 형제 옆에서
풀피리처럼 울던 아기 고양이
잠결에 밑을 파고든다
그토록 곁을 주지 않더니
콧망울 바싹 붙이고
허벅지 안쪽을 깨문다
나는 아픈 것을 참아본다
익숙한 것이 아닌 줄을 알았는지
두리번거리다
어둠 쪽을 바라본다
잠이 들어서도
입술을 달싹인다
자면서 입맛을 다시는 것들의 꿈은 쓴가
더듬는 것들의 갈증 때문에
벽을 흐르는 물소리
그림자 밖에서 꼬르륵거리고

우리는 타인이라는 빈 곳을 더듬다가
지문이 다 닳는다

소수 2

    김치 그릇 엎어져 벌건 국물이 튀고 술잔이 바닥에서 두 어 바퀴 돌다 젓가락 옆에서 멈춘다 씨발 죽어 칼끝이 목을 누르고 그래 죽여 똑바로 쳐다보며 웃고 뚝 뚝 뚝 뚝 목에서 맥박이 뛰는 소리를 들으며 웃고 눈동자 풀어지고 웃고 웃 고 웃고 여기는 아직 거기인가 뜨거운 소리가 고막을 밀고 들어온다 언제부터 국이 끓고 있었나 뒤집어진 밥상은 버둥 대는 벌레처럼 다리를 하늘로 쳐들고 있고 무를 자르다 칼 에 목을 비춰본다 어떤 이는 칼자국을 키스 자국으로 읽고 는 부러워한다 죽을 거라 겁주던 놈들 손목은 한 끗씩 덜 긋 고 치사량에서 한 알씩 빼고 나는 몇 개씩 덧문을 잠그고 꼭 마지막 문은 열어두고 어제의 칼로 오늘 파를 썬다 불씨는 간신히 살려두면서

소수 3

남자가 김치를 찢는다 가운데에다 젓가락을 푹 찔러넣는다 여자가 콩자반을 하나 집어먹는다 고개를 숙이고 있다 남자가 젓가락을 최대한 벌린다 다 찢어지지 않는다 여자가 콩자반을 두 개 집어먹는다 왼팔을 식탁 위에 얹고 고개를 꼬고 있다

남자가 줄기 쪽에 다시 젓가락을 찔러넣는다 젓가락을 콤파스처럼 벌린다 김치 양념이 여자의 밥그릇에 튄다 여자가 쳐다보지 않는다 콩자반을 세 개 집어먹는다 남자가 김치를 들어올린다 떨어지지 않은 쪽이 딸려 올라온다 여자가 콩자반을 네 개 집어먹지 않는다 딸려 올라가는 김치를 잡는다 남자와 여자가 밥 먹는 것을 중단하고 말없이 김치를 찢는다

김치를 전부 찢어놓은 남자와 여자가 밥을 먹는다 말없이 계속 먹는다 여자는 찢어놓은 김치를 먹지 않는다 깻잎 장아찌를 집는다 두 장이 한꺼번에 집힌다 남자가 한 장을 뗀다 깻잎 자루에서 남자의 젓가락 끝과 여자의 젓가락 끝이 부딪친다 찢어주느라 찢어지지 못한 늦은 아침

늙은 냉장고가 으음 하고 돌아간다

상강

마지막일 것이다
한쪽 날개가 찢겨 있었다
북한산 비봉 능선
나비 한 쌍
서로 희롱하며
춤추고 있다

그 높고 아득한 공중을 나는
시기하였다

길바닥에는
가을 사마귀
풀빛이 갈색으로
그을렸다
가늘은 다리가
어디로 갈지를 몰라 하여
나는 잠깐 설웁다

곧 서리가 내릴 것이다
구애가 전 생애인
몸들 위로

바라나시

라씨를 만드는 첸첸의 곁으로
시신을 떠멘 맨발들이 지나갔다
한 번 쓴 라씨 그릇은
던져 깨버려야 한다고 했다

골목마다 짐승들의 똥이 흘러가는 갠지스

화장터 상여꾼은
시체에서 반지를 빼낸다
신전의 원숭이들
성기를 드러내놓고
끽끽 웃는다

천출을 들키지 않아도 좋을 아이들이
원 달러 원 달러 달려오고
눈알이 빛나는 릭샤꾼들은
헬로 헬로 어디 가요

기차는 언제까지나 연착이었다
내 자리를 차지한 이들의
되묻는 눈빛

대답이란 날카로운 물음표

아가미를 꿰는 낚싯바늘이어서

가닿지 못할 음역을
더듬어볼 뿐

슬픔이라는 타관을 떠돌다 우리는
미아가 되어
어린 염소를 껴안고
오 미아미아 울고 싶다

하동역

매화가 피는 밤
하동역 역사(驛舍)
막차를 기다리며
두 노인
도라지를 나눠 핀다

노파의 입술을 떠난
담배 연기
자줏빛 두루마기에
봄빛이 감긴다

또 만날랑가
안 만날랑가

질문이 가닿기 전
기차가 짧은 경적을 울리며 들어선다
거친 손들 뜨겁게
스쳤던가
막차가 떠나고

강물 바라보는 노파
시선 닿은 어디쯤
물빛이 검다

간절(間節)

늘어진 셔츠 구멍으로
바람이 지나간다
스카이아파트 무너진 담장
못 보던 빨래다
때 절은 밍크 담요에
붉은 목단이 핀다

물에 젖어 더 새까만 머리를 털며
할머니가 목욕탕을 나선다

빛 속에 잠깐
사라지는 물방울들

보조기 짚고
걸음마 연습하던 노인
검버섯 가득 핀 손 위에
햇살이 가만히
제 손을 얹고

아직 눈 못 뜬 채
햇볕 핥고 있는
햇것들

지독(至毒)

늙은 구름은 칭얼대고
죽은 아기들은 웃어대고
버스는 좁은 벼랑 위를 달린다

원하는 것은 무엇이든 안 될 거예요
하지만 결정적으로 나쁘진 않아요
치사량이 언제나 치명적인 것은 아니니까요

빚 받으러 온 사내들처럼 목 조르는
쉰밥이여
무엇을 주리 빈 젖을 주리

물려받은 것은
굽은 뼈와
불치의 냄새
일그러진 웃음과
넘어지기 쉬운 걸음걸이뿐

(오오, 그리고 그리고 차례가 오지 않는 순번 대기표와
곱해도 곱해도 양수가 되지 못하는 음수들과
이자의 이자의 이자들과 그리고 그리고)

그러나 독이 묻은 일기장들은

다 어디로 사라졌을까

악한 게 아니라 다만 약한
그리하여 독에 이르는
전갈과 뱀과 당신과 우리
지독해진다는 것
매독처럼 피어
서로에게 중독되는
허기의 무궁

비 내린 숲의
비린 냄새를 따라가면
독버섯들 얼마나 아름다운가요

4부

너무 많은 사람들이 사라져가요

라이터소녀와 껌소년의 계절

모두들 너무 따뜻해서
이 거리의 사랑은
일회용 라이터처럼 흔해요

라이터 하나에 가든과 라이터 하나에 모텔과
라이터 하나에 오빠 오빠

열(熱)을 잘 간수해야지 겨울이잖니
소녀들은 자신의 열을 팔아야 구두를 살 수 있어요
소년들은 껌을 팔아 소녀를 만질 수 있고요

엄마 신발을 신고 나와 소녀는
뺨을 맞고 울어요
공중전화 박스 안에서 오빠는
무언극의 희극배우
울부짖고 있지만 우스워

모두들 너무 따뜻해서
이 도시의 눈물은 일인칭

울음이 얼었으니 몸을 지펴야 해요
그러나 불꽃의 시간은 짧아
소녀의 판타지가 소녀의 국경

구름의 살점들이 몸을 덮으면
소녀는 당신이 씹다 버린 껌
봉인된 허구

거리에서 라이터는 매일 사라지고
아무도 라이터 따위 줍지 않아요

아버지는 아직도 잠들어 있어요
새들의 얇은 눈꺼풀만 아침을 울고요
라이터를 감춘 소년들이 망루로 갑니다
껌소년들의 이마에서 뿔이 자랍니다

Midnight in Seoul

도시의 틈새에서
어둠이 새어나온다
홍등이 걸린다

모텔 네온사인이 켜지고
묘지에 돋는 붉은 십자가들
라디오에선
이퓨렛미인 유네버로스트미
내부순환로 양방향정체

방음벽 너머로 골리앗 크레인
도시를 굽어본다
피가 튄 곳마다 거인들이
태어난다고 하지
저 환한 통증들 좀 봐

오그라드는 몸 위로 술잔이 건너가고

구운 살의 냄새 가득한
성수 방면 마지막 전철
가방을 끌어안고 입을 벌린 채
기울어진 사내가
깨달음처럼 튀어나간다

가방을 끌어안고 두리번거리는
등뒤로 스크린 도어가 매끄럽게 닫힌다

철새들은 한쪽 눈을 뜨고 잔대
감지 않는 거겠지
기린처럼 아름다운 동물이
서서 자야 하다니
이상해 벌레들이 자꾸
집에 들어와서 죽어
오늘도 내 팔을 내가 베고
쥐며느리처럼 등을 말고 잠이 들면
이상해 올라가고 있는데
추락하고 있어 이 꿈은

너는 너의 방에서

너는 너의 방에서 수음을 하고
나는 나의 방에서 울 때
그는 그의 골방에서 얼어죽고

방문을 닫고
각자의 식탁을 차릴 때
쪽방에서는 살이 썩는 냄새
아무도 듣지 않는 비명

당신은 이웃의 창문을 엿보고 당신이 보는 것을 나는 본
다 당신을 오해하기 위해 I see you 내가 보는 것은 내가 보
던 것 아이들은 시소를 타며 영원한 비대칭의 게임을 배운
다 봤니? 봤지! See? Saw! 이렇게 마주앉아도 당신은 당신
의 풍경을 나는 나의 풍경을 I see, I see

우리의 동침은 돌아누운 등으로 이루는 데칼코마니
팔짱의 형식은 제 두 팔을 마주 끼는 일
삼투는 불가능하다

고장난 시계는 고장난 시간을 간다 그러나 부지런히

당신은 지금 위독하고
배제된 자들은 위험하다

조금 덜 배제된 자가 조금 더 배제된 자를 배제하고
문서에 포함되지 않는 신발들

아무도 사라지는 것들에 대해 궁금해하지 않는다

월 스트리트

온다
지축을 흔드는
강철 페니스
시든 정자들 쏟아진다

계단을 오르는
검은 정장 행렬
마천루로 들어간다

바람이 벽들 사이를 배회할 때
이어폰은 중얼거린다
너는 그저 벽 속의 또다른 벽돌

벽 속으로 빨려들어가는 사람들
유리창은 창백한 표정들을 반사한다
내부를 발설하지 않는다

쇼윈도 안을 걸어다니는
아, 투명한 시신들
자신의 뼈를 깎아 악기를 만든다
그러나 그것으로 자신을 울 수 없다

거푸집의 모형은 하나뿐

근엄한 벽은 표정을 허락하지 않고
허기가 핏기로 교환되면
짧은 방목이 끝난다
울타리를 잊어버려선 안 되지
기다리는 것이 절벽이라도
멈추어서는 안 돼

잘린 목들 떠다니는
술 취한 도시

흔들리는 그림자 하나씩 토해낸다
간신히 벽을 짚고 서서

나는 잔액이 부족합니다

심장을 말릴 시간이에요, 알람이 운다, 달력은 그물로 지은 구멍, 버스 안에서 나는 잔액이 부족합니다, 길은 컨베이어벨트, 달려도 달려도 줄어들지 않아, 눈알을 빼줄까요 입술을 줄까요, 구멍의 공포가 나를 살게 합니다, 태초의 천진한 목젖, 식구와 총구 앞에서 우리는 저열하거나 비열하다, 발설과 배설을 위한 주름에서 이데올로기가 자라고, 목줄을 매야 들어갈 수 있는 문에서 나는 기록된다, 아이디가 일치하지 않습니다, 나는 나와 동일하지 않다, 경보 창이 깜빡이고, 시스템 오류입니다, 나는 집 밖에 감금된다, 도난경보 장치가 사냥개처럼 짖는다, 숭숭 자라는 골다공의 뼈를 향해 우리는 멍멍, 냉장고에는 과태료 고지서가 김치보다 오래 익어 어떤 집의 전구가 퍽 나간다, 가스 공급 중단합니다, 교회 종소리에 깜짝 놀라는 여기 죄인이 있다, 털이 빠진 늑대가 베란다 귀퉁이에서 흰 울음을 토한다, 발톱이 가렵다, 구파발 구파발행 열차가 들어오고 있습니다 안전선 안쪽으로 물러나 주십시오, 어떤 이는 안전선 바깥쪽으로 피신하기도 한다, 늑대는 뒷걸음치지 않는다

Man-hole

눈이 날린다
구덩이 위로

얼어붙은 거리 위로
혼비백산 흩어진다

내몰린 먼지들은
구석에서 뭉쳐진다

바람이 집의 멱살을 쥐고 흔든다
집이 울고

돼지가 돼지와 혼음하여
귀 없는 거인을 낳는다
거인과 거인이 화간하여
거대한 입을 낳는다

발이 푹푹 빠지는 허방
검은 아가리 속으로
당신은
비명도 없이

사라진다

무인 택배 보관함 옆에는

종각역 무인 택배 보관함 옆에는 관들이 놓여 있다
관들은 수화물처럼 보이지만
가끔은 들썩이기도 한다
그때 사람들은 그 관이 집이라는 것을 알아차린다

김포금쌀, 한양식품 쌀떡볶이, 이랜드월드 내의 사업부…… 가
집들의 명패
만 개비들이 레종 데트르(Raison D'etre)가 주장한다

※ 칼/가위 등의 날카로운 금속으로 개봉할 시 상품이 손상되기 쉬우
니 주의하시기 바랍니다.

종각역 지하도 무인 택배 보관함 옆에는
수표에 3%p 이자를 더해주는 '플러스알파' 통장과
퇴행성관절염에 강한 케펜텍 광고판이 환하다
어깨를 웅크리고 누운 관절염은
이자에 이자를 더해주는 마이너스 꿈을 꾼다

※ 뒤집지 마시오.

종각역 지하도 무인 택배 보관함 옆에는
종이 관들이 분리 배출돼 있다
관 안에 배달중 분실된 품목이 있다

※ 유통 과정 중 변질 · 파손된 제품은 구입한 곳에서 교환해드립니다.

Re: 제목 없음

나팔꽃 씨를 심었는데
재가 되어 나옵니다
이 모순을 견디는 중이에요
무순은 쑥쑥 자라지요

나도 끼워줘
불빛에 편입되고 싶어
노란 창문을 기웃거리며
아이들은 증오를 육성합니다

무통 주사는 현대 의학의 쾌거입니다
우리는 점점 마비되어가고

아침마다 도열하는 비석들
저녁마다 기각되는 눈물들

간밤에 또 아기가 죽었어요
유리벽 안에 물이 가득했고요
그 물속에 잠겨 있었어요
물이 얼음이 되어가는 것을
홍옥 같던 얼굴이 퍼렇게 변하는 것을
지켜봐야만 했죠
한 죽음의 생성을

흰 새들이 어디로 들어왔는지
내 몸속에서 잠이 들었군요
이 집에선
너무 많은 사람들이 사라져가요

그리고 언제나
일인분의 통증만이
최후까지 남아
우주처럼 펼쳐집니다

데칼코마니

단열이 안 되는 늙은 집처럼
읽어도 읽어도 문장들은
어딘가로 새버리고
마침내 손금이
새어나가고 있다

종일토록 실패한 날은
눈물조차 실패해서
겨드랑이라는 말 속으로
기어들어간다
오늘의 현황은 미세하고
내일은 침침하다

다르게 실패하는 법을 터득하지 못한
누군가
손이 쥐고 있던 길들을
놓아준다
인화지에는
지워진 눈송이들
방향들만이 희끗하게 기록된다

고모네 집에 갔더니 암탉 수탉 잡아서 기름이 동동 뜨는
걸 나 한 숟갈 안 주고 자기네끼리 먹더래

신호가 바뀌고 사람들은 건너간다
마스크를 쓰고 눈알을 굴리며
닿지 않으려고 움츠린다
신호가 바뀌고 차들이 달려간다
방향을 알지만 지향을 모른다

바리케이드를 사이에 두고
대답할 수 없는 질문들이
절망과 절망이 대치중이다

나 한 숟갈 안 주고 자기네끼리 먹더래
우리집에 와봐라
우리집에
우리집에 왜 왔니
왜 왔니

여기서도 나는 적당하지 않아
이 명찰은 태명처럼 한시적이다
내일은 이름을 불러주세요

식탁을 사이에 두고
한 고통과 다른 고통이 마주보고 있다

하류

잘린 귀 같은
신발 한 짝
물의 저음을 듣는 곳

물은
늙은 아버지의
신음 소리를 내고

본적 잃은 바람들
한 시절 정박한다

그러나 수면은 옹이를 만들지 않는다

만져지지 않는 것들
어금니에 실려
썩은 뿌리 시큰하다

개망초들 천치처럼 웃는다

깨진 소주병처럼 달 빛나고
잔별들 소름 돋을 때
키 큰 미루나무들
머리 풀고

검은 방죽을 건너온다

치금매입

이빨만을 남긴다는 식인 섬이 있다
열매는 씨방 안에 이빨을 품고 이빨은 번식한다
이빨만 남아 이빨만
남아

살며시 돈을 세어보는 사람처럼
혀가 슬그머니 구석으로 가서
어금니를 더듬는다

종로 귀금속 상가 골목
치금매입(齒金買入)
네 글자가 반짝인다

돌아서서 식구들 몰래 지갑을 열어보던 사내
앞니 벌어진 잇새로 새버리는 웃음이
너무 환해서 휑하다

순금 대신 얼음을 박는 사정과
치금매입 앞을 서성이는 사연
누구도 당신의 풍치까지는 앓지 않는다

당신은 유리문 앞을 서성인다
팔아야 할 이도 없이
문이 열릴 때마다 깜짝 놀라
금이 가는

이는 자꾸 빠지고 새로 나 입안에 가득차고 꾸역꾸역 삼켜
도 이는 넘치고 넘쳐 한 도시를 이룬다 이는,
당신을 삼킨다

나의 아름다운 세탁소

좁은 골목일수록 미장원과 세탁소가 많다
지워지지 않는 얼룩 또한 곱슬머리처럼
유전되는 것인가
몇 번의 이사에도 번지수가 따라와 있다
누구든 얼룩의 반경을
벗어나지 못한다
내 원피스의 풀물은
당신 셔츠의 핏자국을 모르고
처마에 걸린 와이셔츠들
참수당한 구름처럼 머리가 없다
시트콤에서도 아홉시 뉴스에서도
얼룩이 무늬가 되는 내일은 오지 않아
깃을 벼리고 구멍을 감추고
어깨를 부풀릴 뿐
떨어진 단추는 찾을 수 없다
머리 대신 물음표를 하나씩 달고
얼마나 더 착용할 수 있을까요
긴장하면 겨드랑이에 땀이 차요
비틀어 짜지 마시오
유니폼은 곧 교체될 텐데요 뭐
보도블록 위의 사루비아처럼
빨간 플러스펜에 잘린 문장들
나는 버려진 문장들을 혓바늘로 깁는다

불 꺼진 세탁소에 잠든 얼룩들 흰 날개를 단다　　　—

활어 전문

우럭 몇 마리 아래턱이 붉다. 해져 너덜거리는 주걱턱이
뻐끔거린다. 뜬눈으로도 그것이 벽인 줄 모른다. 뱀장어 검
은 몸들 뒤엉킨다. 미끄러지며 휘감기는 몸들 사이로 잘린
꼬리 하나 떠올랐다 사라진다.
　우리는 땀을 흘리며 뻐끔뻐끔 장어탕을 먹는다.

유리관 옆에는
망치 하나 칼 한 자루
햇살에 흰 이를 빛내며 웃는다
도마 위에 파리 두엇 앉아 있다

명동 거리를 흘러가는 정어리떼
뒤엉키고 부딪치며 뻐끔거린다
거대한 수족관 속
미끈한 활어들이 헐떡이며
그것을 구경하고 있다

24시 피트니스 센터 전면 유리창을
구름은 천천히 흘러가고

사방 유리벽에 이마를 찧으며 우리는

빗방울들이 집결한다

바람은 나무의 머리채를 쥐고 흔든다
세계의 이음새가 삐걱거린다

날개들이 순간 공중에서 정지한다
빗방울들이 집결한다

마른 토사물이 젖는다, 라면 줄기가 흰 애벌레처럼 기어
간다, 흘러간다 끈적해진 가래침이, 흘러간다 비둘기똥과
개똥이, 흘러간다 죽은 나방과 하루살이들이, 여자의 발이
젖는다, 구정물에 발을 씻으며 애인에게 흘러간다, 애인에
게서 개 비린내가 난다, 물먹은 벚나무 검은 둥치가 팽팽히
번들거린다, 수캐는 올라탄다, 곰팡이가 벽을 핥는다, 배꼽
이 무른다,

젖은 돌처럼
선명해지는
윤곽들

욱신거리는
흉터와 멍

지워진 것들아
불길한 것이 되려무나

제야(除夜), 우리들의 그믐

술집 밖에는 진눈이 내려
없는 것들 발부터 젖는다

움츠려 올린 어깨들
피사체가 흐리다

가장 아름다운 점자는
좁은 골목에 내리는 눈

골목을 흔들며 떠나는 뒷모습을
오래 보아주는 것뿐
우리의 통점엔 차도가 없구나

닳아버린 밑창으로 물이 들어
발가락을 구부려보지만
제 문수(文數)를 벗을 수 없다

택시는 아무래도 잡히지 않고
새해엔 구두를 사야겠어

낙원떡집 앞에서 우리는
어색하게 복을 빌며 돌아선다

바람은 발을 걸어 자빠뜨리고
미끄러지지 않으려 기우뚱거리는
모습이 우습다
우습다

발자국 위에
발자국을 포개어
얼음을 다진다

눈은 응달 쪽으로 단단해진다

화분에는 몇 개의 잎이
새로 지고
문 앞에서 너는
젖은 발을 돌려야 한다

광장이 공원으로 바뀌어도

흩어지면 죽는다 흔들려도 우린 죽는다 흘러간 노래가 공원의 나무들을 흔들어도 농부의 아들 계산원의 딸들 각자의 저녁에 골몰하며 흩어진다

광장이 공원으로 바뀌어도
우리의 구호는 바뀌지 않았으므로
이어폰으로 귀를 막은
타워페니스들 개를 모시고 걷는다

구호 소리 높아도
우리에겐 홈스위트홈이 있어
올림픽대로 강변북로를 두른
붉은 떼의 질긴 연대
함께 가자 우리 이 길을

공원이 아직 광장일 때 광장은 염천보다 뜨거웠다. 나는 그때 UR 반대 구호를 수줍게 외치던 농부의 딸. 광장이 공원으로 바뀌었으므로 색깔과 향기를 과장하는 꽃이 되었다. 화단의 꽃들은 뿌리내릴 새도 없이 분갈이를 당했다.

광장이 공원으로 바뀌어
분수대는 눈부시게 물을 뿜어대고
살찐 비둘기들 더욱 살찌게 하고

광장이 공원으로 바뀌어도 그러나
메트로놈의 바늘은 부러지지 않고
광장의 태극기는
나른하게 펄럭이고

해설

뱀을 삼킨 몸

강정(시인)

1

> 그녀는 어느 누구보다도 가공된 것,
> 환상적인 것,
> 믿기 어려운 것에 대해 잘 알고 있다.
> ......
> 그녀는 가장 먼 곳에 있다.
> 그리고 수많은 칸막이들이 그 사이에 놓여 있다!
> 거울 저편으로 가는 것,
> 그것은 전혀 다른 일이다.
> ―뤼스 이리가라이, 『하나이지 않은 성』
> (이은민 옮김, 동문선, 2000)에서

해가 중천에 있을 때, 어느 작은 산책로를 걷다가 거미줄을 봤다. 작은 나뭇가지들 사이에 방사형으로 뻗친 그물 한가운데 엄지손가락 한 마디만한 거미가 도사리고 있었다. 꿈쩍도 않고 있는 듯 보였지만, 왜 그랬을까. 육안으론 파악할 수 없는 커다란 움직임 속에 거미가 갇혀 있다는 느낌을 받았다. 바람이 슬슬 그물을 흔들어댈 뿐, 거미는 발끝 하나 꿈쩍하지 않았다.

휴대전화를 꺼내 사진을 몇 장 찍었다. 그냥 보면 알록알록한 무늬 일체가 또렷했지만, 액정에 붙들린 모습은 실제

보다 불분명했다. 주변 풀잎과 꽃들에 섞여 잘 분간하기 어려웠던 것이었겠으나 왠지 셔터를 누르는 짧은 순간, 거미가 사라진 게 아닌가 싶기도 했다. 하지만 다시 바라보면 거미는 그 자리에 그대로, 여전히 꼼짝하지 않은 채 도사리고 있었다. 짐짓 섬뜩한 느낌이 들었다. 돌연한 정적 같은 게 거미의 몸에서 뿜어져나오는 것 같았다. 내가 거미를 발견해서 바라본 게 아니라, 거미가 나를 끌어당겨 한동안 내 속을 들여다본 것인지도 모른다는 생각이 들었다. 문득, 외출 전에 읽었던 시의 한 구절이 떠올랐다. "거미줄에 빛나던 물방울들/ 물방울에 맺혔던 얼굴들은"(「저녁의 호명」) 모두 어디로 갔을까. 그리고, 그 "얼굴들"은 과연 누구의 잔영들일까.

저녁이 왔고, 다소 쌀쌀해진 11월의 바람을 맞으며 저녁 귀갓길에 다시 그 자리를 지나쳤다. 풀잎들 사이로 거미줄은 어둠에 지워져 보이지 않았고, 거미 또한 눈에 띄지 않았다. "목을 지나온 검처럼/ 꽃잎이 가르는 허공"(「윤삼월」)에 노을빛만 붉게 찬연했다. 그때, 어디선가 울음소리 같은 게 들려왔다고 말한다면, 나는 아마 무슨 "칼 가는 소리"(「칠월 그믐」) 비슷한 걸 허공에서 감지하고 있었던 건지도 모른다.

별을 낳기 위해
중력을 거부해야 하므로
소화되지 않는 말이

123

밑구녕이 거꾸로
치밀어올라오고

(……)

들썩이는 치열
나는 나로부터 멀다
헝클어지는 지문
불화로부터 별의 머리카락은 자란다
습성은 문득 낯선 얼굴

이후는 다시 이전이 될 수 없다

쿵쿵, 이 냄새는 뭔가
　　　　　　　　　　　　—「입덧」부분

　시 쓰는 일을 '산고(産苦)'에 비유하는 건 진부할 뿐만 아
니라, 안일해 보이기도 한다. 더욱이 모종의 여성성과 연관
시켜 그것을 '아이 낳듯 몸을 뒤집어야만 가능한 일'이라 일
컫는다면, '그럼, 남자들은 뭔가를 질질 싸려는 충동 때문에
시를 쓰는 것인가'라는 일차원적이고도 저열한 반문(反問)
에 곧장 맞부딪치게 될 수도 있을 것이다. 어떤 경우든 시
쓰기 자체의 유별난 원리와 특성을 적확하게 설명하지 못할

뿐더러, 남성에 관해서든 여성에 관해서든 도식화된 오류와 편견 속에 시를 가두게 될 소지도 있다. 그렇기에 일반적인 개념에서의 '산고'는 여러모로 부적절하다.

그럼에도 시 쓰기는 육체의 강렬한 진동과 통증을 동반한 내파("나는 나로부터 멀다")를 겪어야 가능한 일이라는 점에서 '산고'와 닮은 면이 있다. 아파서 반응하고, 또다른 아픔으로 응대하며, 그게 다시 쾌락과 해갈의 시발이 되어 "별의 머리카락"을 자라게 하는 일이란 하나의 삶이 또다른 삶을 머리에 짊어지는 일('낳을 산(産)'자 참조)이 아니고 무엇이겠는가.

그런 의미에서 시는 전(全) 육체적인 울림인 동시에, 범우주적인 해찰의 잠정적 '소수(素數) 게임'이랄 수 있다. 그 자신으로밖에 나누어지지 않는 걸 알면서도 "산 사람이/ 귀신이 된 사람에게/ 엎드리는 형식"(「소수 1」)에 골몰하는 일. "여기 잠든 짐승"을 계속 깨워 "나의 이승"(「처용 엘레지」)과 영원히 불화만 일으키게 될 홀수에 집착하는 일. 그렇게 영원한 짝수를 그리워하며 홀로 산란해지고 홀로 '지독'해지는 일. "별을 낳기 위해/ 중력을 거부해야 하"지만 그럴수록 더더욱 "소화되지 않는 말"들로 끝없이 속을 게워내야 하는 일. 그렇게 자신의 속을 "쿵쿵" 냄새 맡고 그 냄새로 몸의 반란을 우주의 징표인 양 "별"로 띄워올려야 하는 일. 하지만 그러기에는 "꽃들에게 뿌리란 얼마나 먼"(「이별하는 사람들의 가정식 백반」) 타자이고, "가지에서 바닥까지의 무한"(「윤삼월」)은 얼마나 무거운가. 그리고 그 '바닥의 무한' 때문에 지금 홀로 앓는 음문(陰門)은 얼마나 쓰리도록 "통통 부어 있"는가.

거울에 비춰본 아랫도리는
통통 부어 있었다
부풀어 거대해진 입술이
천천히 숨을 고르고 있다

우주가 별을 낳던 날로부터
수십 억 광년을 달려와
아물지 않은 여린 잠지들을
보드랍게 핥아주는 입술

—「커다란 입술」 부분

그래 가주구 먹으문 이파구 향이 배서 세빠닥이 싸아해요. 칡이란 거 그기 기래. 아무리 먹을 거 읎는 땅이래두 뿌레기 내리고, 디딜 대 읎어도 다른 낭그 감고 게올라 가주구 빛 쪽으루다 악착같이 얼굴 디미는 기라. 그러 바락바락 하눌루만 꽃 피우는 기 칡이라 칙, 이라 하문 서운해요. 뭐 이래 그 얼켜오는 맛이 읎어 가주구 꼭 칡, 이라구 발음으 해야 한대요. 어머이라는 말처름 너무 쩔겨 가주구 앞서 말했듯, 시는 드러난 세계의 표면을 통해 세계가 드러내지 않는 부분, 그리하여 어떤 논리적 기획이나 과학적 성찰과는 또다른 지점(또는, 그것들 모두를 한꺼번에 껴안은 지점)에서 한 개인과 세계가 충돌하거나 은밀히 내접하는 방식으로 쓰여진다. 이를테면 그것은 "내 어두운 광 속에서/ 번쩍이곤 하던/ 한 자루의// 그믐달"(「칠월 그믐」)을 꺼내는 일과도 같은바, "다시 이전이 될 수 없"는 "이후"의 기미를 냄새 맡으며 "밑구녕이 거꾸로/ 치밀어올라오"는 상태로 '입덧'하듯 작동한다. 하지만, 입덧 상태에서 느닷없이 찾게 되는 음식이 몸의 반란을 온전하게 진정시켜줄 수 없듯(정말로 원했던 '바로 그것'인 줄 알았는데, 겨우 찾아 먹어보니 진정코 바랐던 '바로 그것'은 또 아니었기에), "입안 가득 손톱이 차올라"(「바람이 부네, 누가 이름을 부르네」) 뱉어낸 말들은 그 무엇도 정확하게 짚지 못한다. "소풍이라 말하려 했는데/ 슬픔이 와 있"고 (「저녁의 호명」), "언제나/ 일인분의 통증만이/ 최후까지 남아" 있을 뿐이다. 그럴 때, 몸안이 몸밖으로 튀어나와 평시엔 볼 수 없는 "우주(의 해부도)처럼 펼쳐"(「Re: 제목 없음」—괄호 안은 인용자)진다. 몸안에 있을 땐 보이지 않던 생명체의 미세 지도가 뇌리에 떠오르는 것인데, 그건 흡사 "거울"을 통하지 않고선 볼 수 없는 여성의 "아랫도리"와도 닮아 있다. 이때 "거울"은 여성 스

127

스로가 자신에 대해 인식하고 깨닫는 바를 남성적 논리 체계로 반사시키는 역상으로 작용할 뿐, 여성을 여성 그 자체로 정확하게 가리키지는 못한다. 여성의 언어는 거울이 감춘 그림자 뒤편에서 작용하는, "고요한 수면 아래/ 흰 발목을 잡아채는 푸른 손아귀"(「푸른 손아귀」)와도 같다. 그것은 끝이 안 보이는 수풀 속에서 발목을 휘감아 독을 쏘아대는 뱀을 닮았다. "배를 깔고/ 몸을 밀어/ 가는 것들"은 "온몸이 혀"(「혀」)라지 않는가. 그 "혀"는 그런데 단지 목 밑 뿌리뿐 아니라 몸 전체를 거슬러 항문까지 이어져 있다. 그걸 시 쓰기에 비유하자면, 발목을 타고 올라 "밑구녕"에 꽃을 박아 넣은 뱀이 온몸을 요동치게 하여 "버려진 문장들을 혓바늘로 깁"(「나의 아름다운 세탁소」)게 만드는 상황이라 이를 수 있다. "항문과 입술의 조직은 동일"하고 "잘린 가지 끝에 송곳니처럼 흰 뿌리"(「처용 엘레지」)가 돋아나듯 "우주가 별을 낳던 날"부터 여성(시인)은 몸속에 이미 커다란 뱀을 삼키고 있었다. 그러니 어찌 "아랫도리"가 퉁퉁 부어 있지 않을 수 있겠는가. 커다란 나무 아래서 "빛 쪽으루 다 악착같이 얼굴 디미는" 칡덩굴처럼. "칙, 이라 하문" 그 본래의 성질과 본성이 삭아 어설픈 남성적 표준화의 밭에서 한갓 쓸데없는 기생식물로 천대받을, "꼭 칡, 이라구" 억세게 조여 발음해야만 그것 자체의 효능과 본질이 똑바로 서는, 바로 그 "칡"처럼.

2

뱀이 그가 가진 죄로 혼란이 생겼다고 들었어요.
안에 있는 자신을 찾기 위해 허물을 벗게 되었지요.
——레너드 코헨, 〈Treaty〉 가사 중

몸을 벗었으니 옷을 지어야지
——「바람이 부네, 누가 이름을 부르네」 부분

남성의 경우, 자신의 사타구니를 언제든 힘들이지 않고
볼 수 있다. 그 모양과 색깔, 질감에 대한 분명한 자기 인식
과 분석이 가능한 것이다. 그러나 여성은 그러기가 힘들다.
남성이 그 자신을 일차원적인 물리적 상태 그대로 직접 맞
닥뜨리는 데 길들여져 있다면, 여성은 몸이 내적으로 작동
하는 체계의 미세한 결에 따라 느끼고 판단하는 데 익숙하
다. 그래서 똑같은 물리 작용에 이끌리더라도 그것을 받아
들이는 배면과 표면이 피차 성반대로 작용하는 경우가 많
다(여기서 다시, "나는 나로부터 멀다"). 요컨대, 남자는 볼
수 있고, 여자는 볼 수 없다. 그런데 이 정황을 약간 뒤집으
면, '남자는 볼 수 있는 것만 보고, 여자는 볼 수 없는 것을
본다'라는 풀이도 가능해진다. 남성의 시선이 외부 지향적
이라면 여성의 시선은 보다 내면적이고 자기 충족적인 측면

이 강한 것이다.

'볼 수 없는 것'을 보고, 그것을 말로 표현하자니 "배드민턴 흰 공이/ 하늘을 잡았다 놓는"(「윤삼월」) 것 같은 착종이 일어난다. 그런데, 그 착종은 비록 물리적으론 틀렸으나 심정적으론 확실하다. 그 작은 바구니처럼 생긴 공이 "잡았다 놓은" 하늘은 고개 쳐들어 올려다봐야 할 자연 대상이 아니라, 스스로 투영시킨 여성의 자아 자체일 수 있으니까. 그럼에도 하늘은 끝내 완전히 잡히지 않는다. '네가 잡았다 놓은 하늘을 보여줘봐'라고 누가 캐물어도 손아귀에 움켜쥔 채로 보여줄 수 있는 하늘은 이미 존재하지 않는다. 그렇게 해서 시는 "날 수 없어 춤을 추"(「목 없는 나날」)며 "어디로 들어왔는지" 모를 "흰 새들"이 "내 몸속에서 잠이"(「Re : 제목 없음」) 든 걸 확인하는 일이 된다. 그 새들은 그러나 "방향을 알지만 지향을 모른다"(「데칼코마니」). "누군가 나를 뒤집어쓰고 있"기에 눈을 떠 깨어보면 "벽지 꽃무늬 사이로/ 사라진 옷자락만"(「야릇」) 야릇하게 펄럭일 뿐이다.

남자가 줄기 쪽에 다시 젓가락을 찔러넣는다 젓가락을 콤파스처럼 벌린다 김치 양념이 여자의 밥그릇에 튄다 여자가 쳐다보지 않는다 콩자반을 세 개 집어먹는다 남자가 김치를 들어올린다 떨어지지 않은 쪽이 딸려 올라온다 여자 콩자반을 네 개 집어먹지 않는다 딸려 올라가는 김치를 잡는다 남자와 여자가 밥 먹는 것을 중단하고 말없

이 김치를 찢는다

　김치를 전부 찢어놓은 남자와 여자가 밥을 먹는다 말없
이 계속 먹는다 여자는 찢어놓은 김치를 먹지 않는다 깻
잎 장아찌를 집는다 두 장이 한꺼번에 집힌다 남자가 한
장을 뗀다 깻잎 자루에서 남자의 젓가락 끝과 여자의 젓
가락 끝이 부딪친다

　　　　　　　　　　　　　　　　　―「소수 3」 부분

　남성은 여성의 말을 지나치게 곧이곧대로 듣거나, 또는
영원히 곧이곧대로 듣지 못한다. 반면에 여성은 직접적으로
들리지도 보이지도 않는 것들로 남성(적 체계)을 체험하고
이해한다. 이 간극은 "너는 너의 방에서 수음을 하고/ 나는
나의 방에서 울"(「너는 너의 방에서」) 수밖에 없는 상황을
곧잘 초래하는데, 그렇게 영원히 갈라지고 찢기면서 피차
영원한 소수(素數)로 고립된다. 나누고 나누어도 '데칼코
마니'로 딱 들어맞는 '짝'이 없다. 남자가 찢어놓은 김치를
여자는 먹지 않고, 대신 콩자반이나 깻잎 장아찌를 집는다.
여자가 정녕 먹고 싶은 게 김치였다 하더라도, 남자가 정성
스레 두 갈래 세 갈래로 찢어놓은 김치는 이미 김치가 아니
다. 그렇다고 콩자반이나 깻잎 장아찌가 여자가 진짜 원하
던 '그것'인 것도 아니다. 여자가 정말 원하는 김치는 상대
를 위한 성의랍시고 남자가 찢어놓은 이후, 이미 원하던 그
'김치'가 아닌 게 돼버린 것이다(다시, "이후는 다시 이전이

될 수 없다"). 그 어떤 것도 여자의 몸 안에 똬리 틀고 있는 뱀의 식탐을 만족시킬 수 없고, 산 사람이라면 더더욱 그렇다. 여자가 "사나 여럿 후"(「푸른 손아귀」)리게 될 수밖에 없는 연유도 거기에 있다. 여자는 "나팔꽃 씨를 심었는데/ 재가 되어 나"(「Re: 제목 없음」)오는 자신만의 순리와 본성을 지니고 있다. 그렇게 스스로를 깨우쳐 몸속의 뱀이 제대로 길을 내어 저만의 식성을 충족해야 하건만, 저간의 사정이 그러하지 못하다.

당신은 이웃의 창문을 엿보고 당신이 보는 것을 나는 본다 당신을 오해하기 위해 I see you 내가 보는 것은 내가 보던 것 아이들은 시소를 타며 영원한 비대칭의 게임을 배운다 봤니? 봤지! See? Saw! 이렇게 마주앉아도 당신은 당신의 풍경을 나는 나의 풍경을 I see, I see

우리의 동침은 돌아누운 등으로 이루는 데칼코마니
팔짱의 형식은 제 두 팔을 마주 끼는 일
삼투는 불가능하다
                              —「너는 너의 방에서」 부분

나(여성)는 "당신(남성)이 보는 것"을 본다. 그건 "보던 것", 즉 현재 시제의 주체적 시선이 아닌, 타인이 먼저 '본 것'이라 규정지은 '다른 것'을 사후적으로 인지하는 게 된다. 그러니 똑같은 걸 같이 봤어도 "당신"과 "나" 사이엔 이미 균열이 있다. 그걸 문자로 쓰니 "See"와 "Saw"로 갈라진다. 하나는 올라가면서 보고, 하나는 내려오면서 봤다. 하나는 '보다'라는 동사로 작동하고 하나는 '톱'이라는(굳이 첫 스펠링을 대문자로 쓴 이유가 거기 있지 않을까), 전혀 다른 의미의 명사를 끌어들이게 된다. 그리하여 "당신은 지금 위독"해지고 "배제된 자들은 위험"을 직감한다. 그렇다면, 각자의 방에서 "나"와 "너"가 따로 놀고 있을 때, "골방에서 얼어죽"은 "그"(같은 시)는 누구인가. "잠이 들어서도/ 입술을 달싹"이게 하고, "자면서 입맛을 다시는 것들"의 쓰디쓴 "꿈"의 "그림자 밖에서 꼬르륵거리고"는 결국엔 "타인이라는 빈 곳을 더듬다가/ 지문이 다 닳"(「더듬다」)도록 되새기게 만드는 "그". 편지를 보냈으나 제목도 없이 "너무 많은 사람들이 사라져"간다며 "일인분의 통증만"을 "우주처럼 펼쳐"(「Re: 제목 없음」)놓은 "그", 혹은 "그녀". "죽은 뒤에도 자라는 손톱의 습관을/ 희망하겠다"(「목 없는 나날」)는 "그"는 아마도 "칼이 내 몸에 들어와// 찔린 옆구리"(「삼척」)로 내가 낳은 자기 자신의 죽음, 그리하여 세계의 모든 죽음들을 껴안은 단 하나의 몸일지도 모른다.

그렇다면, 그건 자기 홀로 스스로를 나누고 나누다가 결국엔 자기가 자신을 낳는 지경이라 할 수 있다. 어쩌다 이렇게 됐을까. 하지만, 답을 쉽게 조작해내지는 말자. 다만, 그렇게 "몸을 벗어" 지어낸 옷들의 귀기 어린 나부낌에만 집

중하자. 허은실의 시들은 바로 그 죽은 자들의 혼이 이승에
빨래처럼 나부끼는 걸 목격한 여성의 하복부에서 쓰여졌기
에 현실을 구축하는 언어의 그물망 안에 그것 자체로 포획
되지 못한다. 그녀는 누가 본 것을 다르게 봤고, 다른 누가
보지 못한 것을 그만의 몸으로 봤다. 그래서 계속 주체와 객
체 사이의 "모순을 견디"는 방식으로 엉뚱하게도 쑥쑥 자
라는 "무순"(「Re: 제목 없음」)에 대해 얘기한다. 그렇게 자
꾸 언어의 '옆구리'를 찔러 다른 말을 낳고, 그렇게 자꾸 지
독해지며, 그렇게 자꾸 실체 없는 무언가의 소리에 끌려가
는 것이다. 그런데, 그 '낳음'과 '진통'과 '끌림'의 주체는 시
인 자신이기도, 시인을 둘러싼 세계이기도 하다. 그런 까닭
에 "구르고 구르다가 모서리를 지우고/ 사람은 사랑이 된"
상태에서 "종내는 무덤의 둥긂으로/ (……) / 0이 된"(「둥
긂은」) 자의 끝없는 공복의 진통 소리가 행간마다 주렴처럼
매달려 있다. 그 기나긴 진통 속에서 한번 태어난 "아가"에
게 "다시는/ 태어나지 말"라며 "내 혀가 말을 꾸"(「바람이
부네, 누가 이름을 부르네」)며낸 적의와 사랑의 69 체위들.
"죽여버릴 거야" 다짐하며 "칠흑 하늘에/ 방금 숫돌에 간/
낫" 같은 "그믐달"(「칠월 그믐」)을 품은 채 "만삭의 배를 감
싸며 나도 씨익, 웃어주"(「푸른 손아귀」)는 여자의 요기(妖
氣), 혹은 결기. "햇빛 끓"는 "흰 마당"에 온몸을 뒤집어 토
해낸 "한 덩어리의 선지"(「맨드라미」)는 그렇게 뱀이 사람
의 "밑구녕"에 꽂아놓은 꽃을 닮았다. 그녀가 힘주는 순간,

햇빛은 낯부끄러워하며 느닷없는 "그믐달"의 돌격에 제 빛을 잃을지도 모른다.

다시, 낮에 본 거미줄을 떠올려본다. 많이 아름답고 독하고 섬뜩해 보였던 그 풀숲 사이의 끈적끈적한 방사형 그물을. 사진으로 담으려는 순간, 요상한 빛의 장난 속에서 모습을 감췄다가 맨눈으로 바라보면 다시 돌올해지던 그 암갈색 얼룩무늬의 깊은 흑점을. 그러다가 어둠 속에서 자취를 감춰 슥슥 바람의 켜를 긁어대는 듯한 소리로 긴 이명을 끌고 온 그것의 고요한 소리를. 나는 내가 그것을 봤다고 느꼈지만, 어쩌면 그가 미리 본(see) 나를, 나는 그를 통해서 봤던(saw) 것일 수도 있다. "징후도 없이/ 예후도 모르는 채/ (……) // 걸음마다 꽃이 도져/ 앉지도 돌아눕지도 못하게 하는" 통증처럼 시선의 정면이 아니라 몸의 제일 "밑구녕"(「치질」)에서부터 시간의 마디를 톱질하듯 몰아쳐오는 몸안의 기별. 그것은 바깥의 사태에 의해서라기보다 뱀이 지나다니는 몸안 깊숙한 통증이 우연히 마주친 우주의 측량 기사로부터 섬뜩하게 감지해낸 태초의 상처인지도 모른다. 남녀로도, 나와 너로도, 삶과 죽음으로도 손쉽게 갈라놓을 수 없는, "허기의 무궁"(「지독」)에서 솟구친 지난한 '입덧'. 그건 나의 것만도 그의 것만도 그녀의 것만도 아닐 것이다. "누가 부르는지 귓속이"(「이별하는 사람들의 가정식 백반」) 오랫동안 간지럽다. 바람이 불고, 누가 자꾸 이름을 부른다. 몸안에서 수백 마리 뱀이 요동쳐 나는 지금 혀가 수천 갈래다. 시인이여, 그 혀를 썰어 재로 만들라.

허은실 1975년 강원도 홍천에서 태어났다. 2010년『실천
문학』신인상을 통해 등단했다. 제8회 김구용시문학상을
수상했다.

문학동네시인선 090
나는 잠깐 설웁다
ⓒ 허은실 2017

1판 1쇄 2017년 1월 31일
1판 9쇄 2024년 10월 15일

지은이 | 허은실
책임편집 | 김민정 편집 | 도한나 김필균
디자인 | 수류산방(樹流山房) 본문 디자인 | 유현아
저작권 | 박지영 형소진 최은진 오서영
마케팅 | 정민호 서지화 한민아 이민경 왕지경 정경주 김수인 김혜원 김하연
　　　　김예진
브랜딩 | 함유지 함근아 박민재 김희숙 이송이 박다솔 조다현 정승민 배진성
제작 | 강신은 김동욱 이순호
제작처 | 영신사

펴낸곳 | (주)문학동네
펴낸이 | 김소영
출판등록 | 1993년 10월 22일 제2003-000045호
주소 | 10881 경기도 파주시 회동길 210
전자우편 | editor@munhak.com
대표전화 | 031) 955-8888 팩스 | 031) 955-8855
문의전화 | 031) 955-2696(마케팅), 031) 955-2678(편집)
문학동네카페 | http://cafe.naver.com/mhdn
인스타그램 | @munhakdongne 트위터 | @munhakdongne
북클럽문학동네 | http://bookclubmunhak.com

ISBN 978-89-546-4423-5 03810

www.munhak.com
문학동네